이현정 열 번째 시집
뜰안에 몸을 푼 봄

# 국립중앙도서관 출판예정도서목록(CIP)

뜰안에 몸을 푼 봄 : 이현정 열 번째 시집 / 지은이 : 이현정. -- 서울 : 한누리미디어, 2017
    p. ;    cm

ISBN  978-89-7969-742-1  03810 : ₩12000

한국 현대시 [韓國現代詩]

811.7-KDC6
895.715-DDC23                               CIP2017010927

이현정 열 번째 시집

# 늘 안에 몸을 푼 봄

한누리미디어

# 자유는 무한대無限大다

　우리가 행사하는 자유의 범주 밖 허허로움을 애써 일컫는 말입니다.

　잠꼬대 같은 소리지만 그마저 들어줄 사람이 없는 백세시대, 외로움이 너무도 막연해서 두려움 반, 서러움 반, 떠오르는 세계 속 생각이지요.

　어느덧 그런 지경에 이르러 '사회에 빚지지 말아야 한다'는 화두話頭 하나로 하루의 허기를 달래노라니 갈수록 시가 간절한 근황이랍니다.

　비록 생활전선이 각박하다 해도 포장을 풀면 가까이 있는 사람 모두가 서로의 도우미이지요. 상대를 배려하며 살아야 하는 이유가 분명해지는 사회입니다.

　울고 싶은 웃음도 있다는 사실이 책장을 넘기는 나날이기에 사방을 두리번거리면서 '우리 화목하면 안 될까요?' 라고 묻고 싶은 심정이 어찌 저 한 사람의 것이겠어요.

　일터가 없는 젊은이와 밑바닥 처우를 받는 알바생들이 근심하는 사회 변방에서나마 그들이 정진하는 바탕에 밑거름이 될 인성교육 차원의 욕심이 숨어있습니다.

하여, 미공개 기간에 묶여 있던 시와 근작을 고루 엮은 또한 권의 시집을 선보입니다. 시간의 민낯이 그런 것이려니! 하면서 어여삐 보아 주십시오.

　마음 속에 묻어둘 말들이 스스럼없이 드러나게 마련인 글쓰기에 망설임이 없는 나이는 바야흐로 81세이라지만 뒤집어보면 에누리 없는 18세이지요. 엉성한 저의 깜짝 발언이 기쁨을 낚는 반짝 발언이 되어 여러분 모두에게 건강과 행복을 드리는 순간이 되었으면 좋겠습니다.

　잔뜩 흐린 하늘 아래 영산홍처럼 기다림마저 설레는 행복은 우리 스스로 찾고 밝히는 데 있으니까요.

　아직도 미공개 작품집에 밀려 할 말을 잃은 저에게 물심양면으로 힘이 되어주신 김재엽 사장님께 감사드리며, 초록이 사춘기를 맞이한 오월에 어울리는 기원을 담아 열 번째 시집의 머리글을 마감하는 바입니다.

　안녕히 계세요.

　　　　　　2017년 5월 아차산 아래

　　　　　　　　　이 현 정 드림

# 차례 Contents

## 제1부 아름다운 아픔

이현정 열 번째 시집

# 제 2 부    길 위에 기다림

# 차례 Contents

제 **3** 부  착한 착각들

# 제 4 부　살아봄직한 삶

13

# 차례 Contents

제 **5** 부 하늘 꽃

이현정 열 번째 시집

# 제6부 말없는 소통

15

# 차례 Contents

제 **7** 부   꽃들의 수다

# 제 8 부 추억의 철길

17

# 차례 Contents

제 9 부 　해바라기 마을

18

# 제 10 부   말은 없어도

19

# 차례 Contents

제 **11** 부　온정의 지렛대

이현정 열 번째 시집

# 제 12 부   태어나지 않은 소리

21

제 $1$ 부

# 아름다운 아픔

# 뒤태가 고운 새댁

첫새벽은 우주의 품속을 빠져나온 새댁이다.

그 얼굴을 보려고 하루가 밝아
사람이 붐비는 곳에 장터가 서고
누릴 수도 버릴 수도 없는 것들이
거래를 어렵게 해.

통 큰 하루가 담아내는 역사는
한밤중이언만
뒤태가 고운 새댁은
어김없이 영광의 문턱을 넘는다.

이현정 열 번째 시집

# 미리 보는 봄

창턱에 손을 내민 벚나무 가지에서
꽃망울 터지는 소리가 들린다.

가슴이 부풀어
소리 없는 소식에 눈을 뜬 것이다.

설마 하는 사이
길 건너 개나리도 벌집 쑤신 듯하다.

올봄도 서성이는 밤길 차지는
어둠마저 온화한 벚꽃칭송이겠다.

# 해부학교실

벗꽃을 바라보는 행복과
행복을 이야기하는 벚꽃이

함께 해부학 실습에 들면
행복의 실체가 드러나리다.

있는 이대로 성이 안 차서
밤을 시간별로 지새워 보고

친구를 초대할 계획이지만
풍경은 논의에 머물지 않더라.

벚꽃 한철 사랑의 역사가
사랑의 교실 작업에 들면

잔잔한 벚꽃 명성이
사람의 봄을 크게 떨치리다.

26

# 뜰안에 몸을 푼 봄

갈 곳이 없다.
올 사람도 오라는 사람도 없다.

사람 사는 일이 바빠
떠나버린 정을 읊듯이

뜰안에 몸을 푼 봄이
벌 나비 기질을 가진 마음에 깃든다.

하루를 달리하는 만남이련만
봄인들 변하지 않고 향기 나랴.

갈 곳이 있다.
와도 곱고 가도 고운 봄이 익힌 길 따라.

# 청보리밭에 살던 고향바람

산에 살지 않았건만
한 곳에 눌러 산 40여년에
녹색이 울울한 바람이 분다.

나무들 어렸을 적에
날마다 마주한 시간을 사로잡고
녹음에서 태어나는 바람이다.

내 나이 한 자리 숫자일 때
청보리밭에 살던 고향 바람은
비단결 흥겨움에 멋스럽더니

기억을 물고 하늘을 품고
도시를 겉도는 오늘날
속이 시린 바람은 병색이 짙다.

능력에 못 미치는 근력 때문에
삶과 앎이 골몰한 바탕에도
수시로 궁금한 바람이 분다.

이현정 열 번째 시집

# 가족

가족은 큰 틀의 시계일 수 있다.
나는 시계 속에 갇힌 시간이 된다.
그 속에 길들여져
달리 제 구실을 못하는 시간이다.

잠꼬대 같은 세월이 가고
가족은 멀리 흩어져 있어도
나는 능히 그들을 에워싼
규범이요 원심력이다.

어쩌면
가족은 시계인 적 없어도
나 절로 그럴 듯한 시간일 수 있다.
고장이 잦은 의외의 시간일 수도 있다.

# 민들레

노랑은 알몸이었다.
어둠에서 뛰쳐나와
무관심을 쏘아보는 알몸이었다.

미세먼지 아랑곳 않고
위험을 무릅쓴 빛깔에 끌려
허리 굽힌 만남 역시 알몸이다.

시계소리 맥박소리 엇갈리는
엉터리 옛날의 신호와도 같이
빛나는 알몸의 노랑이다.

| 이현정 열 번째 시집

# 아름다운 아픔

바람이 없어도 꽃은 지더라.
피는 줄은 몰라도 지는 줄은 알겠더라.

알면 아는 만큼 아름다운 아픔이더라.
눈에 보이는 소리와 뜻 사이 이야기더라.

'아등바등 살지 않을래,'
'도움도 못주고 시간만 축나는 일 하지 않을래.'

진정으로 주고 마지못해 주고
더는 나누어지지 않아

바람이 없어도
서글피 꽃은 지더라.

# 자애로운 잠

잠은
부지런한 사람들로 하여금
봉황이 날개를 펼치듯
팔다리 쭉 뻗고 왕처럼 쉬게 한다.

잠은
삶의 절반을 나누어 가졌으되
겹겹이 쌓이지 않고 야금야금 축내지 않고
있는 그대로 고스란히 지켜준다.

잠은
언제 들고 나는지
하늘 높이 오른 것도 같고 땅 속 깊이 스민 것도 같은
피곤으로부터 우리들을 거뜬히 일으켜 세운다.

잠은
날마다 죽음에 이르는 길
삶으로 돌아와 반갑고 고마운 나날이려니
지성으로 깨어나 정성을 바치라 한다.

32

# 제2부

# 길 위에 기다림

# 봄이 붐빈다

3월 들어 희망 섞인 햇빛만으로
행복한 하루가
연일 봄을 앞당긴다.

등에 업힌 햇살이 아가를 닮아
불거지는 새색시 마음에도
망각을 에워싼 봄이 붐빈다.

움틀 마당 없는데 왜 자꾸 기다려지는지
중력을 찾아 나선 누리꾼처럼
허공에서 의문을 풀기로 한다.

34

# 미래를 만나기 위해

멀어질수록 어두워지는 과거가
중심을 잡도록
정점에 절실한 자신을 두어요.

미래를 만나기 위해
새날이 와요.

엊그제 저당 잡힌 자유마저
오늘의 저력이 되고
불어나는 내일이 황홀할 것이어요.

차례를 기다리는 수고도 없이
천국에 이르는 발자취래요.

# 벚꽃구름 위에서

발을 굴러 몸소 익힌 균형을 잡고
벚꽃구름 위에서 봄을 누렸다.

바람이 공중제비 뜨는 꽃잎 흩날려
바람을 이해하는 햇빛 부서지누나.

두드러지는 꽃잎의 마지막 신념이
관람석에 시선을 굴린다.

청소년 문제가 언짢은 사회를
설명하는 어른이 못되어

먼지 묻은 세상인심 꼬집는 양심으로
벚꽃구름 구경 너머 아프게 살라 한다.

이현정 열 번째 시집

# 한해살이 아쉬움

봄 축제 거창한 유명세에
풀칠한 품격마냥
인기몰이 꽃잎 기세 기차다 했더니

자목련 백목련 홑으로 떨어지고
개나리 벚꽃 잎 겹겹이 쌓인다.

시간에 살고 기억에 죽는
해를 거듭할수록
가슴에 세찬 계절풍 분다.

한해살이 아쉬움에도
숨죽여 웃는 꽃의 술래정신 부러워라.

봄은 아주 가지 않고 새로워질 뿐인데
애달픈 정에 병든 사람 홀로
꽃잎 휘날리는 이별이 적막하다.

# 덩칫값 못하는 대국

덩치는 대국이요
안목은 중국이요
속내는 겨우 소국수준인 듯

핵위협에 맞서 살겠다고
마지못해 결의한 사드배치인데
대국의 도리를 잊고 사사건건 해코지인가.

북한의 미사일이 강 건너 불이라면
남한의 자구책은 불편사항일진대
보복조치 남발로 무엇을 얻으려는가.

거친 땅을 가꾸는 아름다운 이들조차
문화의 광장을 쫓겨나고
공존을 뜻하는 교류마저 적신호다.

너그러운 대륙의 풍모를
평화의 중심에 둠이
역사의 역할을 온전케 함이려니.

# 길 위에 기다림

막연하게 떠오르는 길은
땅 위의 조바심을 미끼로
갖가지 몸을 만드는
기다림에 대한 대답이다.

경험에서 우러나면
지키고 싶은 가치 따로
이끌고 갈 의미 따로
시간에도 핵이 있고 색깔이 있지만,

제한된 길 위에
제각각인 사람의 울타리 옆에
북적이는 세상살이 미련이란
거꾸로 본 밤과 낮의 꿍꿍이 속이다.

# 나를 참는다

잃어버린 인연에 연연하지 않고
해묵은 정마저 툭 털고 일어서서
낯선 나를 맞아들이는 나를 참는다.

사람 속에 색다른 조심성이
나를 외롭게 할지라도
궁금한 자유를 군것질처럼 챙기기 위해.

눈물을 대신하는 웃음 머금고
마지못해 헤어진 황금시절 보금자리
뒤돌아보는 여정의 마지막 구간에서.

# 나그네

끄떡없는 마음 하나 가지고
먼 길을 왔네.

잡동사니 부려놓고
그림자 벗하여.

# 가신이의 흔적

그 어머니 내 어머니 다를 바 없는 사이
친구가 건네준 무명버선 한 켤레가
가신이의 흔적으로 내게 남았다.

두 짝을 한 데 합친 묶음 표시는
80살을 기원하는 뜻을 담았다는
한자 八十 수예가 수 놓여 있다.

반세기가 지난 각질 같은 가슴에
그날의 정성이 살에 닿는 순간
울컥 울음이 터지고야 만다.

그 어머니 백수를 누리시고
팔순고개 넘긴 딸들 보셨으니
당대의 소원은 이루었다 하겠으나

변변히 모셔보지 못한 불효가
응어리진 양심에 올가미 될까본데
간곡한 어머니 음성이 매듭을 풀라신다.

무명버선 신는 시대 다시 올 리 없어도
객지설움 거두어주신 은덕을 기리며
그리운 정을 보듬듯이 어루만지오리다.

# 제3부
## 착한 착각들

## 되새김질

빈 나뭇가지가 파릇해지면서
주부의 속마음이 촉촉해진다.

막힌 기운이 통하는 것같이
집안이 맑아지고 밝아지는 것이다.

어느 덕에 사는지를 알게 되면서
겸손을 배우고 은혜를 되씹는다.

빈 나뭇가지처럼 힘주어
봄을 챙기는 더부살이 정신으로.

# 길목 지키기

봄 날씨 변덕을 잠재우고
행군나팔 소리처럼 5월이 온다.

길목 지키기에 앞장선
신록처럼 5월에 사로잡히고 싶다.

사랑이 먹혀들도록 길들여져
영원을 읊조리며 5월에 살련다.

# 내가 아는 나

액세서리가 어울리지 않는 촌스러움을
자연미에 빗대어 사는 나를
어린 조카들은 무턱대고 멋쟁이라 불렀다.

명품이 알아보는 나의 촌티는
헐값의 물건을 고가로 보이게 하는
자신감이 웃어주는데

미장원을 모르는 사연인즉
손가락 빗질로 감을 잡고
범위를 벗어난 부위를 골라
가위 날로 훑어도
머리카락이 물결치며
흉허물을 감추어주는 머릿결 덕이다.

예술적인 머리라고 신기하다시며
선생님이 쓰다듬어 주신 이래
외톨이 되고 눈물이 되고
조신한 마음의 적이 되더니.

어디서 커트를 했냐고

이현정 열 번째 시집

스스럼없이 묻는 이들 때문에
내가 아는 나를 가꾼 손안에 미장원이
시가 되고 유산이 되는 오늘에 산다.

# 착한 착각들

살기 바쁜 나무는
애써 잎이 피고 절로 지는 수고를
나이가 누리는 일상으로 아는데

늙고 병들어 버림받은 낙엽끼리
거미줄에 매달린 거미 같은
나뭇잎 시절의 착각에 빠져 있다.

사리에 밝은 사람만이
뿌리와 부엽토 사이를 아우르며
착한 관계회복에 열심이다.

# 무식이 태평해서

벚꽃이 새 잎에 밀리는 이맘때면
새롭게 돋아나는 상수리나무 잎의
꽃수염을 아시는가.

우스갯소리같이 흔들리는가 하면
바람난 사춘기 흥밋거리 비슷하다.

쳐다보고 내려다보고 다가가서 보지만
높고 멀고 흐드러져 손이 닿질 않는다.

주변에 물어봐도 사전을 뒤져봐도
명쾌한 답을 얻지 못한 채

때는 흐르고 수염은 사라지고
무식이 태평해서 의문마저 가신다.

어벙한 사람을 재미있어 하듯이
한결같은 사랑을 어이없게 하면서
수염 달린 사연은 어이 그리 고운가.

49

# 정물에도 역할이 있다

전화를 들면
벗은 오라고 하고
날은 밝자 저물어 고개 드느니 주말이다.

먼 사람 더욱 멀어질세라
길을 나서도
만남은 잠시 흘러가는 기쁨일 뿐
집 떠난 사정은 걱정으로 기운다.

새우잠을 자고
드문 여행길에서 돌아오면
주인의 손길을 기다리는
정물에도 역할이 있다.

안정된 자리지킴이와
함께하는 공간 속에
변함없는 안도감이 그것이다.

50

# 가슴 울먹한 가정의 달

초록이 야심 찬 오월이 오고
햇빛도 바람도 속내가 푸르건만
어린이와 어버이가
다 같이 울고 싶은 가정이 있다.

가난이 갈라놓은 이들 등 뒤로
어린이날에 이은 어버이날이 있어
기약 없는 기다림이 겹치는 달이다.

명절과 생일과 공휴일도 벅찬데
이름지어진 날이 많은 5월이면
가뜩이나 눈이 매운 마음들이 안쓰럽다.

그들을 찾아 열심인
가정의 달은 언제 오려나?

흩어진 가족이 합치는 길머리
가슴 울먹한 가정의 달은
또 언제 잊혀지려나?

# 우주의 보석

우리의 삶은
우주의 보석 위를 뒹구는 행운이었어.

그런 줄도 모르고 호사를 탐하다가
사철이 혼미한 땅 위에 놓였었지.

제 맛을 잃은 절기는 살맛을 흐리고
극지방 긴장이 풀리면서
곳곳에 재난이 불거진다.

두려움이 가득한 지구가족이
잘못을 뉘우치지만
지구의 지병은 중증이라 하지 않는가.

칠흑 같은 우주공간에 빛나는 보석답게
자연의 신비를 간직한 지구에
지혜로운 지구인이여.

과학의 미래에 우리의 운명을 맡기지 말고
지구를 지키는 지름길로 가자.

자연에 순응하며 살아서
우리가 되찾는 지구의 건강만이
자손을 지킨다는 일념의 길로.

# 꿈의 지붕

내게 있어 하늘은 꿈의 지붕이다.

한가한 날엔 우주와 통하는 여유를 부리고
우수에 찬 날이면 거리낌 없는 위안으로 다가온다.

초대받은 구름이 환상을 불러 모아
바보처럼 느린 화폭을 펼치면

어둠에서 잠을 구하고
빛으로부터 분부 받잡아
돌아가는 규율은 엄격하지만

과학이 놀자고 해도
거들떠보지 않고

나의 짧은 생각을 둥글게 끌어안은 하늘이기에
지붕 아래 마음을 꿈동산이게 한다.

제**4**부

# 살아봄직한 삶

# 시의 산실

시詩의 산실에는 문이 없다
새로움을 잉태한 즐거움만이
홀연히 다녀갈 뿐
빈 방에 빈 자리는 바람 차지다.

무시로 오가는 인사人事는
묵언默言일지라도
보일 듯 말 듯
시의 산실에는 낙이 있다.

# 뿌리내리기

제라늄 가지를 꺾꽂이하여
물을 아끼고 햇빛을 조심하며
사흘 밤낮을 살핀다.

속잎이 시들지 않으면 조바심은 끝이 나도
열흘을 고비로 새잎이 돋는다.

살아있는 것끼리 정분이 나듯
꽃망울 맺히면서 즐거움이 줄지어 숨을 쉰다.

계절 속에 뛰어들지 못하고
피차 판에 박힌 기쁨이 되어
잠 없는 밤에 마주 앉았다.

뿌리내리기에서 꽃피우기까지
흙을 통한 사랑의 마음이
어둠을 잊었나 보다.

# 살아봄직한 삶

그림 앞에 서면
손에 잡혀 활개치고 싶은 붓이었어.

음악에 취하면
가사로도 선율로도 태어나야 했었지.

허례허식에 갇혀
고정 관념에 묶여

남이 아는 나를 웃으며
내가 아는 나를 울며 세상 겉돌았었지.

허영심에 휩쓸려
잃은 것은 방향만이 아니었다.

분수를 알고 속으로 여물어가는 길에
단점도 길게 보면 장점이 되는 삶이
진정 살아봄 직했었어.

# 삼층 사랑

나무의 정수리가 한눈에 보여
새순이 돋아나는 봄은 요염하고
잎이 널브러진 여름은 울창하고
색을 뽐내는 가을은 휘황하다.

검은 겨울과 하얀 겨울이
성에 낀 입김으로 다가와
해가 떠서 저물도록 삼층 사랑은
시간을 되감는다.

비 오고 바람 부는 날에도
일상 드러나지 않던 모습 곁들여
아파트 삼층이 누린 공간은
자연이 조화를 부리는 입체무대다.

# 시간사냥

시간사랑이 시간사냥이다
서로에게 주인이 되고자
힘은 실어주고 짐은 덜어주어
시간과 내가 고루 다듬어지면

시간은 어언 나의 차지가 되고
나는 시간의 차례가 되어
한 가닥으로 꼬이는 충실한 사이
시간사냥이 시간사랑이다.

# 극기克己

근본 없이 극기 없다.
욕구를 누르고, 울화를 참고
그리고 고통을 견디는 저력도
의지의 힘에 탄력을 받는다.

극기는 참을 수 없는 나를 잠재워
새롭게 태어나는 참으로 뜻밖의 쾌감이다.

# 향나무

창밖에 나무야, 향나무야,
앉거니 서거니 우리 서로 마주보고
40년을 살았구나.

난, 팔뚝 굵기 나무에서 아름드리 몸체 되는 널 보았고
넌, 검은 머리 파뿌리 되는 날 보았지.

언제 옷을 벗고 옷을 입는지
애교도 많고 자랑도 많은 꽃나무들 잠든 사이

추위를 앓는 너랑 온실 속에 나랑
오늘은 우리 서로 말이 되네.

세상은 절대로 우리를 언제까지 이대로 두지 않아
푸른 마음 다 하도록 난 널, 넌 날 사랑해야 해.

# 관습의 멍에

설날 차례 상 준비를 위해
제수용품 폭리로 나라 안이 들먹인다.

몸에 필요한 음식을 영전에 바치면서
웅감이나 하시라니 모욕적이 아닌가.

자손이 즐기는 음식을 앞에 놓고
조상 덕을 기리는 묵념을 갖자.

소모적인 관습의 멍에를 벗고
사는 일 자체를 바로 잡는 일이다.

모처럼의 연휴를 가족이 함께
휴식에 들던지 여행을 떠나자.

상술에 휘말리고 관습에 얽혀
자손이 곤곤하면 조상인들 편하실까.

존경과 사랑과 그리움으로
가신 이를 가슴에 새기는 건강한 명절을 만들자.

# 소인배

요즘 들어
시의 다산을 걱정하는 이가 부쩍 많다.

다산이어서 함량미달이란 다음 말이 본론일진대
반 토막 이야기로 인격을 토막 낸다.

서로 뻔한 사이에
모르는 체하자니 체면이 기울고

시의 건재를 인정하기엔
껄끄럽고 식상한 모양인데

다산이야말로 능력이란 소신에
슬픔을 끼친다.

한 옛날에
"나는 소인배야" 하고 말하는 분이 있었다.
그 때는 평범한 이의 자괴감쯤으로 알았었다.

남 잘난 꼴을 못 보는 소인배 속에 사노라니
그런 말 하던 이의 그렇지 않음을 깨닫게 된다.

그런 말은 대인만이 할 수 있음도
이제야 안다.

# 제5부

# 하늘 꽃

# 하늘

눈을 뜨면 거창하게 있는 하늘,
눈 감으면 무지개가 숨어 있는 곳

그리운 사람들이 별처럼 살아서
골방도 다락방도 해파리 숨을 쉰다.

원시적 숨결이 켜켜이 쌓이는
황홀한 산호섬이 되었다가

분화구의 추억을 바람에 심어
아물아물 높아가는 행복이어라.

마음이 마술의 손거울이거늘
빛과 어둠이 따로 누린 하늘 있으랴.

# 열대야熱帶夜

엎질러진 물에서도 김이 나는 밤
열대야에 벌거벗은 꽃의 마음으로
하얀 밤을 노저어 새벽으로 간다.

나무의 꼭짓점이 희망하는
새벽하늘조차 더위에 갇혀
그림자 드리운 사랑에 산다.

나무는 사람처럼 열대야에 웃고
나는 나무처럼 나이를 잊고.

# 알

알은 간단명료한 결과물이다
총체적인 중심이요 시작이다.

그리하여 살아있는
알짜배기보다 더 좋을 순 없다.

알부자는 부강함을 뜻하고
알배기는 몸값을 높인다.

알차게 사는 알몸정신이
삶의 알짜인 이유다.

68

# 붓자국

그림 속에 붓자국이 살아있다.

얼버무리지 않고
붓자국이 부추긴
장미의 한 때가 싱그럽다.

연노랑 장미의 아침은
활짝 핀 꽃송이들의 의지로 빛나고
빛깔이 고집스런 쏠림현상의 여백이 인상 깊다.

꽃의 영화가 실내 공기를 화사하게 한다.
붓자국은 분명 화가의 향기로운 손맛이다.

# 응원

내 편에 빠진 나를 건지는 일이다
네가 이겨 내가 산다, 내 힘 받아라.

미리들 가슴 졸였으니
당일에는 담대하리라.

국민의 성원이 용수철이다
선수여, 세계 속에 우뚝 서거라.

# 3.1절에 검붉은 열매

노지에서 모진 겨울을 견딘 후
이듬해 봄 되도록 검붉은 열매를 보셨나요.

농익은 열매는 싱그러운 빛을 잃고
움츠려들었으나

아직도 가지마다 가지런한
꽃 못지않습니다.

3.1절 정신을 후손에게 보여주는
횃불행진이 길을 메워

그날의 함성조차 매캐한 이른 아침에
태극기를 달고 뜰에 내리니

오늘따라 돋보이는 산수유 열매에
검붉은 피의 정신이 엿보입니다.

# 용돈 공방

"불우이웃을 도웁시다."
아들이 아빠 앞에 두 손을 내밀었다.

이 자식 사람 웃기는 재주 좀 봐.
너는 종일 용돈 얻을 궁리만 하니?

지갑이 열리고 닫히는 사이
의기양양해진 아들 왈

미래를 위한 멋진 투자입니다.
노후 보장 기회를 잡으신 겁니다.

# 하늘 꽃

함박눈은 활짝 웃는 하늘 꽃이다
허공 속에 오래 머물고 싶어
화사한 옆걸음질이 능사다.

그 뜻을 헤아려
나무들은 긴장을 놓지 않고
산은 여린 사정을 고스란히 지킨다.

사람의 사랑이 자연 못지않아도
함박눈 명성은
늘상 사람을 비껴 있다.

# 살풀이 춤

소복차림의 여인이 하얀 버선발로 춤을 춘다.
살풀이가 한풀이에 그치지 않고
위로에 말을 허공에 떨친다.

모르고 저지른 죄가 있어
죄 씻는 일이라 생각하면
참고 견디지 못할 일이 없다 한다.

# 제6부

# 말없는 소통

# 봄을 부르는 빗소리

겨울 풍경을 여미며
봄을 부르는 빗소리가
영혼을 적시는 속삭임이다.

그 소리에 귀 기울여 숲으로 가니
나직한 물소리가
골짜기를 노래한다.

봄은 거기에 있지 않고
먼 길을 돌아

골방에는 고향의 봄이
거리에는 타향의 봄이

갓 태어난 여우비 되어
마실돌이 중이란다.

흙내도 나고 풋내도 나는
봄맞이 발길에 감기며
비로소 빗소리가 제 목소리를 낸다.

76

# 심지

시인의 심지에 불을 밝히면
전깃불 이전에 살다 사라진
석유 불 생각이 떠오른다.

그 중에 세련된 호롱불은
봉창 속에 들어앉아 방안을 밝히는
한 시대정신이라 할 만 했다.

앉은 키 눈높이에 흙벽을 뚫은
우리의 봉창은 밤을 깨어 있게 하고
할머니 바느질품을 들게 마련이었다.

할미 이바구하랴? 시던 할머니의 옛날은
도둑이 제일 무서운 겁쟁이 시절이었는데
그나마 내게서 끝이 날까 보다.

불 켜진 촛불은 심지나 태우지
심지에 불 밝혀 꽃피는 경쟁사회
어둠을 밝히는 심지 되기 어려워.

# 제라늄

화단에서는 한해살이 화초였는데
실내에서는 여러 해를 살면서
쉼 없이 꽃을 피운다.

별로 한 일 없이 과분한 대접을 받았을 때처럼
미안한 생각이 앞서서
탐스러운 방울꽃에 받침대를 세우려면
제라늄은 고약한 냄새로 화답한다.

진딧물 같은 성가신 것들을 떨치는 수단인데
동시에 잡냄새도 잡아주어
집안에서 손쉽게 키울 수 있다.

색깔별로 우뚝 솟는 주먹크기의 꽃송이가
백 송이를 넘어서면서
일상의 수고를 헛되이 하지 않는다.

# 지진공포

아이티를 쑥대밭으로 만든 지진이
정신 차릴 겨를 없이 칠레를 뒤흔들었다.

반석같이 믿었던 땅이 요동치니
그 위에 사는 사람의 일이 사는 것이 아니다.

우선은 안심하고 뒤로 근심하여
지구촌 사람들이 똑 같은 위협을 느낀다.

무엇을 믿고 어디서 안정을 찾아야 할지
허둥대는 사람들이 사람의 중심을 통째 흔든다.

79

# 다비식

스님, 불 들어갑니다.
신성한 불의 꽃 받으시옵소서!

관도 말고 따로 수의도 장만 말라 이르시며
무소유의 참 멋을 만방에 심으셨으니

혼은 귀히 하늘에 오르시고
몸은 본래대로 제자리 찾는 일이 완성이옵니다.

스님은 이제 자유로운 정신의 지주로
우리를 뜨겁게 울린 오늘의 불 밝히소서!

# 말없는 소통

외등의 외로운 눈길 속에
어둠을 잊은 밤은
창을 통해 허술한 숨을 쉬고

침실에 갇힌 잠은 어디가 아픈지
알지 못하는 사람의 피로를 다스린다.

밤잠을 줄인 나그네로 하여
삶과 죽음이 어찌나 가까운지
그로 말미암은 소통이 먹통이다.

# 영적 욕구

주어진 처지대로 살던 시절 끝나고
나를 찾아 떠나는 나만의 길에

아끼고 사랑할 상대들이
바라보는 시선은 딴판이다.

그만하면 살 만큼 살았다고,
다 내려놓고 어서 가라고―.

고장 난 관심 밖 사람들조차
위로와 격려의 숨을 거둔다.

헛발질로 오고가는 인생이 아닐진대
오감 못지않은 영적 욕구를 어찌하라고.

# 문단속 입단속

참는다는 것, 그것은
큰 짐을 풀어
일상으로 되돌리는 일이요,
나를 지키는 일이며
모두가 편해지는 일이다.

어지럽히는 자를 염치없다 하지 않고
말 없음으로 다스리려니
마음의 나들이 말문 막힌다.
그래서 참는 것도 일이다.

# 외톨이사정

자리를 옮겨야 하는데
짐을 지켜줄 사람이 없다.
여럿이 함께할 공간을
외톨이가 누린 여유는 부담이기에

음악이 흥겨워 어깨춤을 추어도
절로 무너지는 기분이 까칠하다.
일탈의 쾌감이 잊혀진
혼자만의 자유가 황량해서

넉넉히 주름 잡고 싶어도
귀퉁이를 맞잡을 손이 없다.
주변을 거스르지 않고
주어진 틀 안에 변화를 주고자

제 7부

꽃들의 수다

# 그날이 오늘이다

한 해를 하루같이 어루만져도
손끝이 아린 세월의 나이테가

여든에 접어든 여고동창생들이
연회장을 예약한 그날이 오늘이다.

계절감각을 녹슬게 하며
만남을 망설이던 고집을 접고

기억의 징검다리 정분에 끌려
모여든 친구가 백여 명이다.

허락된 공간이 담아내고
우리가 연출하는 솜씨는 엉성해도

모두가 나누어 가질 아름드리 기쁨은
진화를 거듭하며 융성하리라.

남은 날을 줄이는 오늘은 가도
여생의 흥겨운 그날로 남아.

| 이현정 열 번째 시집

# 고개 숙인 외로움

외로움이 덧나서 음악이 되니
한물간 사치도 약발을 받는다.

조명 받은 봄 무대엔
악단이 없고

썰렁한 가슴에는
화덕이 없어도

고개 숙인 외로움만으로
억눌린 흥이 몸을 푼다.

빗나간 그리움이었던 듯
엇박자에 넘실거리는 선긋기

그로 말미암은 춤사위가
굼뜬 멋의 내재율內在律이다.

# 게임중독

햇볕이 속살을 파고들어
살아있는 것들이 힘을 받는 정오에도

게임중독자들은 하늘을 등지고
이 땅에 주어진 기회를 탕진한다.

중독은 게으름뱅이의 수렁이다
함부로 사는 자의 은신처다.

마음 먼저 남루해진 죄를 묻기도 전에
우울증 뒤에 숨은 속성이 보인다.

탁한 마음자리에 햇볕을 쬐면
그 즉시 해독되는 중독이니라.

주변의 시선에 가시 돋기 전에
너희는 담대한 길을 달려라.

이현정 열 번째 시집

# 꽃들의 수다

바깥에 웅성거리는 소리 때문에 잠들 수가 없어요.
창문을 조금만 열어도 사뭇 향기로운 속삭임이어요.

매력적인 청춘의 계절을 누리랍니다.
알아듣기 쉬운 말로 제때 복 받으시래요.

# 녹색 숨결

초록이 힘을 쓰면서
꽃을 잃고 허전한 마음 쓰기 한결 편해졌다.

유랑 악단처럼 마을을 휩쓸고 간
봄꽃 축제 이후

아련한 아픔과도 같은 후유증이
감기처럼 사람 사이를 들락거렸다.

다 두고 떠날 몸에 박힌 정인데
못 잊는 순간에 시달림이라니!

날로 녹색이 짙어지면서
온화하고 화사한 대지의 숨결은

바위마저 숨 쉬게 하는 부드러움이
번영을 꾀하는 근본임을 일러준다.

90

# 의문을 안고

말을 묻어 두고 혼자 하는 일에 치우친 나를 나열하니
치우쳐 있어도 기울지 않고자 하는 고집이 나를 꿰뚫는다.

고집이 힘들어 의문을 안고 가는 길에
생각으로 열린 내가 영글고 있다.

꼭지에 달린 열매가
감행하는 벌거숭이 행복같이ー.

# 진정을 아는 이름

꽃이나 산이나 시간이나
진정을 아는 사람에게 다가서는 이름들이다.

궁금한 삶이 진정으로 익힌 사랑의 모습도
꽃이요 산이요 시간이다.

이현정 열 번째 시집

# 첫 경험

꽃망울이 부풀기까지는 사람의 기다림이 힘들더니
꽃이 피어나면서부터 사람의 발걸음이 가볍다.

저마다 안간힘을 쓰는 꽃이랑
꽃을 찾아 분주한 사람의 눈길이 마주치면

매화는 서늘한 눈빛으로 쏘아보고
복사꽃은 먼발치에서도 재잘거린다.

인사차 둘러보면 목련은 미소 짓고
산수유는 눈웃음치는 걸 내 어이 모를까.

햇빛이 눈부시면 꽃은 제 색깔에 집념을 보이지만
달빛이 은은하면 꽃 먼저 숨은 회포에 젖어든다.

바깥이 휘황해서 집안이 썰렁한 이 밤에
한가로운 만남이 생애의 첫 경험인 것처럼.

# 인내심

인내심이 없어도 사람이 사람다울까
인내심은 자기를 먼저 다스리고
남을 돌보되 남이 나보다 먼저 진가를 알아차린다.

인내심이 이겨내는 어려움은
사람이 옮기는 물과 불도 다스린다.
인내심은 대자연이 몸소 실천한 힘이다.

# 제 **8** 부
## 추억의 철길

# 이엉

버려지는 짚을 모아 이엉을 엮어
어깨에 걸치면 눈비를 피하고
지붕에 올리면 헌집이 새집 된다.

높이 오른 이엉 생각이 가족사진 액자에 담겨
가난도 그리움인 양 눈물어린 옛날로 간다.

# 묘한 방향

길손이 길을 물으면
내가 방향을 잃는다.

나의 지도에는 나만의 길이 있어
어디를 가나 내 앞은 동쪽이요 뒤는 서쪽이다.

하지만 나 또한 엄연히
사방에 둘러싸여

남은 따뜻하고
북은 을씨년스러운 것을.

97

# 장엄하시다
– 안중근 의사 순국 백주기에

1910년 3월 26일
뤼순형무소에 별이 지면서
이 땅에 장엄한 해님 뜨셨다.

무명지가 잘려나간 손도장이
근엄한 안중근 의사이시다.

임은 중국 땅 하얼빈에서
조국을 침탈한 일본의 괴수를 쓰러뜨리고

동토의 어둠 건너편에 계셨어도
온 누리에 평화의 의지를 떨치셨습니다.

한 세기를 주름잡은 임의 뜻은
초췌한 저희 정신의 허물마저 벗겼습니다.

세계 속에 꿈틀거리는 우리의 저력을 보소서
아주 작은 나라에 엄청 큰 발전을 기뻐해 주소서.

의심 없이 하늘 길에 오른 희생도
그 안에 자리 잡은 나라 사랑도

선열이 지키고 후손이 가꾸어
빛나는 역사의 해님 찬란하오이다.

# 추억의 철길

의문표가 어째서 갈퀴 모양인지
알 것만 같은 추억의 철길에
전방이 보이지 않는다.

시꺼먼 연기와 함께
어느 때는 굴속을 달리더니
지금은 말끔한 지구의 허리춤을 긁는다.

설산과 초원과 바다를 끼고
따라가기 힘든 길이면 톱니로 간다.

세계인의 엇박자도 그들의 흥겨움도
철길을 달리는 마찰음이다.

추억으로 가는 나를 윽박지르다 말
덧없는 시간의 기적소리다.

# 하물며

새로움이 손쉬운 즐거움이다
신선한 메뉴가 생각나는 것도
새로운 계획이 떠오르는 것도.

하물며 봄이 와서
이웃에 자지러진 웃음 같은 꽃이 피는데
새로움이 어찌 즐거움이 아니랴.

# 가을만 같아라

가을이 영그는 곳에 빛깔은
속고갱이까지 햇살이 박혀
하나뿐인 생명을 떨치게 한다.

자기 자신에 충실한 여럿이
골고루 섞이면서
널리 넉넉한 가을만 같아라.

# 부러운 경지

소리는 마음으로 삭여듣고
사물은 뜻으로 받아들여
말이 어지럽힌 공간을 벗어나 있었다.

소리에 민감한 마음이 부러워서
개켜두어도 펼쳐놓은 듯하더니
삭임질 가운데 엇비슷한 안정이 곁들여 있다.

# 바람길

바람길을 지켜보고 있으면
엿보는 마음을 넘보는 바람은
혼자 있는 법이 없다.

나뭇잎에서가 아니면 먼지라도 함께하며
바람 타는 가벼움을 부추긴다.

어디에서 시작하고 끝이 나는지 모를
떠돌이 마음에도 바람길이 열린다.
가만히 있으면 바람이 아니다.

# 또 다른 싫증

돈독한 관계를 쌓을 사이 없이
쉽게 싫증을 느끼는 사람은
어디서나 무엇에나 자기 방어에 능하다.

익숙해지면서 재미가 붙을 텐데
재미가 자신감을 만나기도 전에
싫증이 앞서서 자신 속에 도사린
해묵은 싫증을 끌어낸다.

기대를 아랑곳하지 않는 섣부른 그 무엇이
또 다른 내 안에 싫증이다.

제 **9** 부

해바라기 마을

# 무인도

고독에 길들여진 것들이
고스란히 살아남아

생명의 소리 자욱한 무인도는
사람에서 태어난 말이
사람에서 잊혀진 막연함을 알린다.

파도가 바다에서 태어나
바다에 묻히듯이.

# 갈대

갈대는
무지 외로움을 타는가 보다.

홀로 서기 서툰 몸을 곧추세워
먼 빛의 그림자로 흔들리니

발 빠른 가을도
쉬이 자리를 뜨지 못한다.

물의 발길 닿고
바람의 손길 미치는 곳에

갈대의 이야기는 은밀해도
그리움이 막연해서

가을을 아끼던 발길 끊이면
무리지운 갈대 더욱 스산하다.

# 외나무다리

한 옛날엔
원수가 외나무다리에서 마주친다 했건만

한 세월 지나쳐 버린 오늘날엔
추억이 아찔한 외나무다리일세.

해 떨어진 추위 속에 옛사랑의 초대길마냥
가슴이 떨리는 줄 알았더니

지팡이 같던 친구 다들 떠난 곳에
퇴행성 관절이 휘청거리네.

그래도 엉성한 외나무다리에 올라
아득히 멀어진 봄눈을 떴네.

110

# 살아있는 발판

나의 하루는
내가 하늘에 이르는 발판이다.

곱디고운 마음 씀씀이의 하루해가 저물어
어둠을 이불삼아 그리움을 누이면

고마움으로 가득한 나의 하루는
살아있는, 그러나 돌아서지 못하는 발판이다.

# 잘못된 기대

보고 싶은 마음이 보석이라면
기다림은 지루한 발굴 작업이다.

헛손질이 더 많은 사업현장에
초대하지 않은 궁금증이 끼어들어

보석은 빛날 길 없고
나는 그대에게 다가갈 길이 없다.

미리 예정된 일 아니건만
만남은 매듭을 짓지 못하고

잘못된 기대만이
기다림을 뜨겁게 한다.

종점에 쏠린 관심을 거두어
길은 그만 길대로 갈라지는가 보다.

# 돌아와 보니

지구 반대편에서 돌아와 보니
호걸 같은 산이 삶터를 에워싸고
호젓한 강이 사랑으로 흐른다.

석 달 열흘 만에
새로 맞은 매미소리 더욱 청아하고
소쩍새 소리 한층 서늘하다.

여름이 품안에 들어
푸짐한 녹색 꿈이
산과 강을 향해 활짝 열려 있다.

사통팔달 뚫린 길에
자유가 한 아름인데
어딘들 못 가고 무엇을 못 하리.

# 해바라기 마을

햇빛 아래 만족을 아는 해바라기들이
덩치 큰 마을을 이루었다.

해님이 외출중인 밤이면 밤마다
해바라기 일제히 고갤 숙여

감사의 묵념이듯
갸륵한 사랑이듯

햇살 날로 두터워 낮이 흐뭇하더니
씨앗 날로 부풀어 밤이 풍요롭다.

114

# 찜통더위(?)

노출이 심한 계절도 달콤하지만은 않고
회포에 젖었어도 쓰라리지만은 않아
음악은 사람의 마음을 사로잡는다.

선율에 취한 분수는 색깔 옷을 번갈아 입고
물보라에 섞인 사람들은
우울증도 자폐증도 벗어 버렸다.

찜통더위 아니었음
물줄기에 휩쓸린 도심 한가운데
막바지에 이른 여름의 낭만을 알랴.

115

# 더위나기

더위를 싫어하면
더위와의 싸움은 짜증스럽고

더위를 인정하면
더위가 달다는 열매를 닮아가지.

더위가 아무리 극성인들
시절을 거슬러 얼마나 갈까.

꼭지에 충실한 마음가짐 하나로
한 철 더위나기 즐거워라.

제 10 부

# 말은 없어도

# 업적은 달라도

바위 꼭대기에 홀로 푸른 소나무가
꼭 존경스런 인물의 동상 같다.

나무는 바위에 뿌리를 내리고
동상은 생애의 업적을 기리지만

시간을 헤아리는 우리가
시간에 사는 정신을 우러러 봄이 그러하다.

이현정 열 번째 시집

# 말복에

태양의 열기와 벌레소리로 가득 찼던 여름이
사람 사이를 빠져 나간다.

사람이 살찌운 건 욕심뿐이었다고
쓰레기로 변한 설렘을 거두어

섭섭한 속내를 감추지 않고
인적 사이를 빠져 나간다.

# 가을 예감

9월 한 차례
외출에서 돌아온 더위가
아직은 하루해의 한복판에 있다.

좀처럼 자리를 뜰 것 같지 않아도
해 뜨기 전에 긴장하고
해 지고 나서 근심한다.

―어디로 가야 하나―
―또 다른 시작은 어디인가―

더위 가신 안녕은
그렇게 오는 가을 예감이다.

# 벅찬 선물

집안을 가득 채우는 선물을 받았다.

우연히 나의 하모니카 독주를 들은
합주단 소속 친구가 준 것이다.

신품 소개서에 의하면
트레몰로, 다이아토닉, 크로매틱 등
종류도 분류도 의외로 다양하다.

특징별 음계분포도 모르는 내가
어찌 이런 영광을 누리랴 싶어

며칠간 고민 끝에 겨우 내 것으로 받아들인 뒤
무턱대고 곡목을 소화하는 내가
무식하면 용감하다는 그 전형이 된 성싶다.

엉터리 특유의 변주를 꾀하다가
친구와의 합주를 모색한다.

기본에 충실한 감성에 파격을 더해
서로를 변질시킬 신선한 시도다.

벅찬 선물이 곱절의 기쁨으로 나뉘기까지.

# 비의 넋두리

빗발이 굵어져
일터를 벗어난 사람들이
시간의 쟁기질 소릴 듣는다.

사람의 일손이 주춤한 사이
몸에 피로도 씻고
살림살이 그을음도 씻어주는 소리다.

더위 떨치는 비의 넋두리 중에
무던한 사람이 기특하단 말 있어도
사람이 알아듣기 너무 멀다.

# 가을이 오기도 전에

끈끈한 여름이 가고
까칠한 가을이 온다.

인적 드문 어디에서나
가을이 잘못 든 길을 묻는다.

태어나지 못한 장단은 발을 구르고
피어보지 못한 색깔은 참을 길 없어

음악은 간곡하나
알몸의 주인공은 얼굴이 없다

동떨어진 세상 연륜을 밝히는
진정은 그런 것이라!

가을이 오기도 전에
애 말라 떨어지는 나뭇잎소리 서럽다.

# 가을비 속에

빗소리가 가을을 부추긴다.
가을은 낙엽 지는 길로 가도

물먹은 단풍잎 아직은 발랄한데
흥겨움이 지나쳐 고운 잎 떨어진다.

가벼운 처신으로
나뭇잎 나뒹굴어

마음마저 단풍드는 가을비 속에
그 꿈마저 거두는 일 없으면 좋겠다.

이현정 열 번째 시집

# 말은 없어도

익숙한 환경 속에
무심한 사람 속에
어쩔 수 없이 떨어져
보고픈 정이 깊어도
아픈 것이다
덧나지 않을 뿐
깊이 아픈 것이다.

# 가을이 어두워지네

그리움이 설레어 단풍 들더니
그리움이 웃자라 나뭇잎 떨어지고
그리움이 지나쳐 가을이 어두워지네.

어둠 속에 멀어지는
불빛 같은 가을 끝자락에

그리움이 허기질세라 노을이 붉네.

126

제 **11** 부

# 온정의 지렛대

# 간이역

정면으로 볼 때는 기쁨이더니
지나고 생각하니 슬픔이었어.

손마디 접으며 기다렸는데
귀틀집 빗장은 풀리지 않고

지나친 날들이 앞을 다투어
삐걱거리는 바퀴 소리뿐.

이현정 열 번째 시집

# 강변 코스모스길

코스모스 어우러진 강변길에
가로등이 켜진다.

강물을 따르는 반사등이나
강변을 달리는 전조등이
도심의 불빛과 공중 어울린다.

밤이면 봄비는 발자국 소리에
코스모스도 자극을 받는지
낮에 본 꽃답지 않게 은근하다.

아이들도 잠들 줄 모르는 밤이다.

코스모스 흔들리지 않아도
사람의 사랑이 물결을 일으켜
졸리는 불빛 아래 강물 홀로 늠름하다.

# 가을햇살

산에 들에 길가에 강이 되게 흘러
가을햇살을 조율하자니
음악에 혹사당하고
미술에 사역당한 손놀림 같다.

햇살은 흐름이 극진해서
마음에 담아두어도
투명하게 뜻이 영글어
숨 쉬는 보람이 건반 위를 달린다.

# 바람의 채찍

바람의 채찍을 맞고
거칠어진 빗줄기가 창을 긁었다.

때마침 열병을 앓는
단풍나무 사정을 살피려는데

비에 젖고 바람에 불려
요염한 가을 때문에

빗줄기에 휘말린 내가
가을 붉은 나무를 닮아간다.

# 외신 속에

푹 꺼진 두 눈으로
꺼져가는 어린 생명들이
우리의 한숨 속으로 무너진다.

모래바람 숨을 쉬는
허기와 고통으로
국경을 떠도는 혼돈이 어지럽다.

집단은 신념을 위해 무슨 짓을 하는 걸까!
종교는 종파를 위해 이웃을 죽이는가?

누굴 위해 무얼 믿고 살지 말자고
나름으로 해석한 신념조차 박살난다.

# 이기심

너만 보면 보는 대로 너무 속상해
너를 잊고 나를 접고 무엇이 남는가 하니
막연한 그 무엇인 우리가 떠오른다.

이기심이 허물어져 우리가 성한데도
눈앞에 보이는 작은 것을 가지려고
등 뒤에 다가오는 큰 것을 놓치는 너.

# 아내 왈

영감님이 탄식했다
왜 이리 시간이 안 가는 거야.

늙은 아내 대답하기를
당신이 나 대신 밥해 먹어요.

아침 밥상 치우면 점심 준비
점심상 물리고 나면 저녁 걱정

날이면 날마다 끼니 신경 쓰느라
시간이 후딱 지나가요.

아니, 아니, 아니 되겠다.
당신의 역할을 내가 못해

잔소리, 불평 같은 당신의 전공이
나한테는 무지무지 어려워.

# 가을이 가기 전에

가을을 잃는 사람도
가을을 사랑하는 사람도
이 짧은 가을을 진하게 살자.

가을이 가면 아픔도 가시듯
사랑이 웅크린 가슴을 열고
가을이 무르익도록 안아보자.

# 온정의 지렛대

이제 겨우 말발이 서는
아가가 마을의 생기를 불어넣고

그 모습 구겨진 늙은 친구 찾아와
젊은 날을 밝히더니

글벗이 글을 띄워
쓰러진 사랑의 마음을 세우네.

생기 나고 젊어지고 사랑이 새로운
온정의 지렛대가 수평을 잡아주어

혼자 있어도
쓸쓸이 저무는 날이 없겠네.

제 **12**부

# 태어나지 않은 소리

# 46 희생용사 영결식

– 천안함 폭침사건에 붙여

2010년 4월 29일 열시, 묵념 사이렌을 시작으로
전 국민의 뜻이 46인 용사들의 영결식장에 모였습니다.

그대들의 생전 모습이 자욱한 국화향기를 머금고
국민의 존경을 영혼 깊숙이 받아들이는 자리입니다.

이제 국방 의무에 바친 몸일랑 갑옷처럼 벗으시고
우리가 받드는 숭고한 정신으로 높은 자리에 오르소서.

비극을 떨치는 조총에 이어 눈물의 군가가 울려 퍼지고
군함들이 일제히 우람한 추모의 기적을 울립니다.

전시도 아닌데 야간 기습을 한 비겁자의 무릎을 꿇리는 꾸짖음과
초계함을 공격하여 세계를 우롱한 망동에 대한 경고입니다.

당장은 우리에게 야비한 짓거리를 당할 방법이 없다 해도
역사는 증언하고 쉼 없이 그들을 매질할 것입니다.

사랑의 영령들이시여, 이 땅에 다시는 이런 비극이 일어나지 않도록
여러분의 쉼터가 영세중립국의 포근한 요람이 되어지게 하여 주소서.

오직 그 길만이 온전하게 조국을 지키면서 무모한 희생을 막는
우리의 선택임을 통감하기 때문입니다.

못다 핀 꿈길 여정에 주어진 자유가 송두리째 그대들 몫입니다.
국민의 가슴을 파고드는 역사의 아름다운 영웅들이시여!

# 아랫목

사철이 두드러진 그 옛날
아랫목은 어머니의 품 속 다음이었다.

젖먹이에 이은 동생들에 밀려
아랫목 차지는 나와 너무 동떨어진 호사였다.

거짓말처럼 흩어져 엉뚱한 지금
사철 적정 온도인 돌침대는
맨살로 다가온 그 옛날 아랫목이다.

호사는 어딜 가고
뼈마디에 바람이 들어

고사작전 같은 삶을 이겨내자니
돌의 온기가 살붙이 살결보다 정겹다.

# 10월 25일 독도의 날

한반도에 안겨 살아온 나날이
사랑을 밝히니 독도의 날이다.

사무친 기억의 뿌리를 찾아
세상 밖에 드러난 이름

독도의 날을 맞으니
가다듬고 가꾸어 온 세월의 기쁨이 새로워라.

남의 자리 넘보는 얌체근성을 옆에 두었어도
과묵한 역사의 편에 우뚝 솟은 섬

독도는 파렴치한 이웃을 딱하게 여기며
독도를 보고파 하는 사람들을 맞는다.

# 나의 여의주

허공중에 속이 꽉 찬 동그라미 하나
무게가 없으니 있는 것도 아니어서
없노라니 은연중에 은밀함이 느껴진다.

햇빛을 묻혀도 바람을 덧발라도
다를 바 없는 본심은
오로지 깨달음에 잇닿아 있다.

빛의 변화를 삭이면서 겉도는 바람과도 헤어져
오로지 뜻을 세우는 시심詩心에 답하느라
참으로 쓸쓸한 사랑의 여의주다.

# 감미로운 소식

나를 맴돌 듯 날이 가고
나를 벗어나듯 달이 갔었네.

한 해를 여의고 감돌아드는
세월은 흘러서 어디로 가는지

사라지듯 이어지는 흐름이 그윽해서
가슴에는 함초롬 시가 움텄네.

시로 말미암은 나의 의미는
세월이 가는 길에 감미로운 소식이려네.

# 태어나지 않은 소리

많은 이를 기다리게 해 놓고
나타나지 않는 한 사람에 의해
모두가 시간이란 칸살에 갇힌다.

저마다 나사를 조이는 소리,
드물게 나사가 풀리는 소리,
시간의 숨 고르기가 온통 소리로 깨어난다.

행이나 불행 같은 사람의 푸념은
저만 아는 속성 때문에 건전한가.

태어나지 않은 소리의 배경에
뜻을 둔 소리들이 숨을 거두어
나를 넘치지 않게 한다.

# 뿔난 웃음

일혼 넘어
내년에 보자고 하면
귀신이 웃는다고 했는데

백세시대 대비한 내년이 줄줄이 새 단장들이니
노령인구에 밀려난 귀신들
뿔난 웃음 웃기도 힘들겠네.

굽은 등을 타노라면
절로 신나는 사람의 귀신들이
서로 웃기는 세상인가 보다.

# 새해맞이

해갈이하는 새벽이 열렸다.

말이 없는 마음들이 지켜보는 가운데
수평선이 뭉클하다.

붉은 설렘을 평정하며
태양이 태어난다.

새해 소망을 일깨우는
빛의 사다리가 바다 가운데 서고

지극한 정성을 받아들인
새해맞이 햇살이 쏟아진다.

서원을 담은 가슴에도
한동안 서광이 비치고 있다.

이윽고
웃음을 되찾은 사람들이 흩어져
고루 살맛나는 새해가 열린다.

146

# 입춘소식

나의 한 해는
입춘에서 입추까지가 양지에 들고
그 밖의 기간은 음지에 속한다.

추위가 발톱을 세운 뒤로
숨죽인 절기를 일으켜 세우는
입춘소식이 기를 불어넣는다.

거침없이 따라가고자 하는
밝은 기운이 기다리는데
기력보강 차원이 즐겁지 않으랴.

이현정 열 번째 시집

# 뜰안에 몸을 푼 봄

•

지은이 / 이현정
발행인 / 김영란
발행처 / **한누리미디어**
디자인 / 지선숙

08303, 서울시 구로구 구로중앙로18길 40, 2층(구로동)
전화 / (02)379-4514, 379-4519
Fax / (02)379-4516
E-mail/hannury2003@hanmail.net

•

신고번호 / 제 25100-2016-000025호
신고연월일 / 2016. 4. 11
등록일 / 1993. 11. 4

•

초판발행일 / 2017년 5월 15일

•

ⓒ 2017 이현정 Printed in KOREA

•

값 12,000원

※잘못된 책은 바꿔드립니다.
※저자와의 협약으로 인지는 생략합니다.

ISBN 978-89-7969-742-1 03810